POÉSIES

NOUVELLES

Par M. Louis AUDIAT.

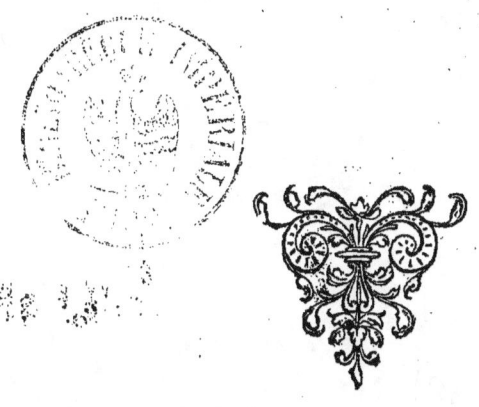

MOULINS,

Chez ÉNAUT, libraire.

ANGOULÊME,

Chez JOLY-GIRARD.

1857.

C.

A M. Alphonse AULARD,

Professeur de Philosophie.

> La foi qui n'agit point, est-ce une foi sincère ?
> RACINE, *Athalie.*

Lorsque, le front posé sur l'oreiller du doute,
Abandonnant leur voile au souffle de l'orgueil,
Les peuples vers le port, croyant suivre leur route,
S'en vont, les imprudents, heurter contre l'écueil ;

Gloire à qui, s'élevant du milieu de ses frères,
Du doigt leur montre au loin le port, et de sa voix
Leur jette, sans rougir de la foi de ses pères,
Pour mot de ralliement, ce noble cri : Je crois.

Ce cri, tu le poussas ; et voyant la jeunesse,
Au bras du scepticisme, incliner pour dormir,
Un front jeune, et pourtant déjà lourd de vieillesse,
Ta belle âme s'émut et se prit à gémir.

Et la voulant sauver en dépit d'elle-même,
Tu n'eus plus dès ce jour ni trève ni repos ;
Mais le Dieu qui prend soin du grain de blé qu'on sème,
Sourit du haut du ciel, et bénit tes travaux.

Que j'en ai vu sentir, sous ta mâle éloquence,
Leur cœur battre, aimer, croire, et devenir chrétien !
Et te pressant les mains avec reconnaissance,
Te dire, heureux et fiers : Vous m'avez fait du bien.

Noble cœur, sois béni! gloire à l'homme modeste
Que ce labeur pénible a consumé vingt ans.
Si le travail fut long, du moins, semeur céleste,
Ta parole a trouvé des cœurs reconnaissants.

Si parfois l'un de ceux qu'a formés ton école,
Dans l'âge des plaisirs oubliait tes avis,
Ne crains rien : l'air n'a point emporté ta parole,
Et le bon grain semé porte toujours ses fruits.

Un jour, se rappelant tes leçons et ton zèle,
Aux cieux il lèvera des regards pleins d'espoir,
Et les conseils partis de ta voix paternelle,
Ramèneront ses pas au sentier du devoir.

Poursuis donc ta modeste et sublime carrière;
Lutteur mystérieux, ceins ton glaive et combats;
Instruis cette jeunesse à l'âme ardente et fière,
Et les cœurs généreux ne te failliront pas.

L. AUDIAT.

A M. J.-B. POURRAT.

Réponse à son épître sur Racine.

I.

> L'ode n'est point mon fait : les vers que je compose
> Sont, comme tu le vois, très-voisins de la prose.
>
> POURRAT, *Épître à un musicien.*

Je ne vous dirai point, comme un jour La Fontaine
A ceux qu'il rencontrait : « Connaissez-vous Baruch ? »
Vous répondriez : Et vous ? — Moi ! j'avoue avec peine
Que je connais cet homme autant que le grand-duc.
Mais vous avez, pour sûr, appris en rhétorique
— Vous la rappelez-vous ? — l'ode soporifique
Qu'on nomme dans l'école, *Ode au comte du Luc ;*
Dans ces strophes, Rousseau se démène et s'agite
Comme un diable plongé dans un puits d'eau bénite,
Et qui pour en sortir fait un signe de croix.

Vous plaignez, n'est-il-pas, ce lourd panégyriste ?
Plaignez-moi donc aussi : comme lui, je résiste,
Et comme lui je sens que je ne vaincrai pas.
Ah ! si c'était le Dieu, — je vous le dis tout bas, —
Ce dieu si compassé qui pince la guitare,
Ce dieu que Rousseau craint et qu'invoquait Pindare,
Comme je l'enverrais charmer l'écho des bois
Et dicter aux rimeurs des vers un peu moins froids !
Mais celui qui m'inspire et que je complimente
Est un lutin gentil, gai, bon, malin parfois ;

Sa verve me ravit, et son babil m'enchante,
Et puis, en l'écoutant, j'écoute votre voix.

Peut-être ignorez-vous comment et sous quel titre
S'est introduit chez moi ce petit polisson.
Devinez. Le coquin, d'une charmante épître,
Sans scrupule, avait pris le langage et le ton.
La poste, l'autre jour, m'apporta votre lettre;
Mais... Dieux hospitaliers, que vîmes-nous paraître?
Il s'y trouvait blotti. — Jugez combien j'eus peur.
D'abord je me signai; lui se prit à sourire,
Et, d'un air à la fois sérieux et railleur,
En me traitant d'ami, commença de me dire
Un mot si gracieux, si doux, qu'à sa douceur,
Comme neige au soleil, se fondit ma frayeur;
Ensuite il me chanta dans la langue divine,
Que je comprends encore et ne sais plus parler,
Le sublime Corneille et le tendre Racine,
Mes poètes aimés, devant qui tout s'incline,
Hors un tas de grimauds qui croit les égaler.

Depuis lors, ce démon murmure à mon oreille
Les mots de ce poème écrit par votre main.
Souvent même la nuit, sans remords il m'éveille
En commençant un vers dont je lui dis la fin.
Il veut que, répondant à ce salut lointain,
Que *sur l'aile des vents* un poète m'adresse,
Je lui dise à mon tour : « Enfant de la paresse,
« Je suis de ta famille et j'aime ton refrain. »
Il le veut, j'y consens.
                              Mais pour mon ignorance
Des discours d'apparat ayez quelque indulgence.
L'amitié, je la sens et ne puis l'exprimer.
Il en est, je le sais, qui pourraient vous rimer,
Dans des vers pleins de feu, de nombre et d'élégance,
L'amitié qu'ils n'ont pas; — moi, je ne sais qu'aimer.

Si vous me demandez pourquoi je ne puis rendre
Ce que le cœur éprouve et que je sens si bien,
Je vous dirai tout net que jamais Alexandre
Sans glaive n'aurait pu trancher le nœud gordien,
Que le chanteur sans voix est une triste chose,
Et que, s'appelât-il *Mozart*, le virtuose
Le plus fort au doigté, sans instrument, n'est rien.

II.

Diffugere nives, redeunt jam gramina campis
Arboribusque comæ,
Faucibus et voces.....
HORACE, *Ode L.*

Voyez comme au printemps la nature engourdie
S'éveille et soudain prend une nouvelle vie !
On entend gazouiller le ruisseau dans son lit,
Le grillon sous l'herbette, et le merle en son nid ;
Depuis six mois bientôt, nue et morne, la haie
De bourgeons frais éclos s'embellit et s'égaie ;
Une neige de fleurs parfume l'amandier,
Et d'odorants débris parent le vert sentier ;
La terre, en souriant, au grand jour fait toilette ;
La terre, cette vieille et toujours jeune enfant,
Qu'on aime, qu'on dit belle, et qui le sait bien, fête
L'astre au disque de feu, son immortel amant.
Oui, car c'est le soleil, c'est sa chaude lumière
Qui ramène ici-bas le joyeux renouveau,
Qui donne force et joie à la nature entière,
La peuple d'un regard et l'arrache au tombeau.

Eh bien ! ce qu'elle fait cette flamme féconde,
Ce que fait au printemps le soleil pour le monde,
Votre voix, mon ami, l'a fait aussi pour moi.
A mon âme mourante elle a rendu la vie :

La fibre qui tressaille au nom de poésie,
A dans mon sein tremblant vibré d'un doux émoi ;
Car mon cœur, voyez-vous, c'est une mandoline
Qui, muette, retient d'harmonieux accents :
Que le maestro frappe, et la corde divine
Lancera de nouveau des sanglots ou des chants.

Oui, votre main avait frappé juste ; et la muse,
Que je croyais en moi bien morte, et qui dormait,
A jeté sous vos doigts une plainte confuse,
Et j'ai même un instant cru qu'elle s'éveillait.
En vain j'ai pris ce luth qui pend à la muraille,
Où depuis l'an dernier, bien triste, il se tient coi ;
La corde était brisée, et de cette antiquaille
Je n'ai tiré qu'un son ; il me disait : *Tais-toi !*

III.

Que parlons-nous de chants et d'harmonie ?
Le son de l'or émeut seul aujourd'hui.
J.-M. VILLEFRANCHE.

Oui, oui, tais-toi ! que fait à la foule distraite
Que ta voix, ô chanteur ! soit vibrante ou muette ?
Qu'importe que ton hymne, ou lugubre ou joyeux,
Jaillisse comme un flot du cœur ou de la tête ?
Le siècle, en t'accueillant d'un souris dédaigneux,
T'insultera toujours du beau nom de Poète.
Eh ! que lui font, à lui, tous ces cerveaux félés,
Ces rêveurs épris d'art, et de vers affolés ?
Il s'en moque. — Et pourtant c'est par eux, ô ma mère !
O France ! c'est par tous ces frivoles enfants,
Par ces mélodieux et nobles fainéants,
Que vous êtes au monde une étoile polaire
Sur qui les nations fixent des yeux ardents ;
C'est par tous ces rêveurs, faibles roseaux pensants,

Que parfois sur l'Europe éclate la tempête, \
Et que, petits ou grands, tous les fiers potentats
Courbant vers notre sol une oreille inquiète,
Se demandent entre eux : *Que pense-t-on là-bas ?*

Oui, tais-toi! Dans ce temps où les trafics infâmes,
Où l'or et le plaisir abêtissent les âmes,
Le poète est semblable au fou qui va chantant
Partout des mots sans suite, et que nul ne comprend ;
Ou qui, pauvre captif, aux barreaux de sa cage,
Excite par ses cris la pitié du passant.

Entends-tu ces deux voix, comme un long bruit d'orage,
Vanter, l'une l'Adresse, et l'autre le Talent?
Celle-là dit : *Beauté, Vers, Arts, choses divines ;*
Et celle-ci : *Report, Dividendes, Usines ;*
L'une murmure, *Amour;* l'autre répond, *Argent !*
Que ferais-tu, rimeur, de ces rimes sans nombre,
Troupe d'oiseaux craintifs qu'effarouche leur ombre,
Qui voltigent jetant leur chanson aux échos,
Et sèment dans leur vol chants, cris, pleurs et sanglots?
Lorsque, dans son courroux, l'océan formidable
Fait trembler sur sa base un rocher de granit,
Sur la grève où son flot hurle, écume et bondit,
Dis-moi, qu'irais-tu faire, ô pauvre grain de sable?

IV.

Que n'ai-je un des rayons qui couronnaient Moïse !
Ep. TURQUETY, *Amour et Foi.*

Sans doute, le talent est un présent divin,
Et ses dons, Dieu jamais ne les répand en vain.

Il faut que vers le ciel, cette onde salutaire
Remonte en fleurs, en fruits, en parfum, en prière ;
Et malheur à celui qui, sans l'avoir montré,
Laisse sous le boisseau mourir le feu sacré !
Oui, oui, toute parole est, je le sais, féconde :
Donnez-moi donc la voix d'un prophète inspiré,
O Seigneur ! une voix à soulever le monde :
J'irai prendre ma lyre au pied de votre autel
Pour commencer ici l'hymne qu'on chante au ciel ;
Et tant qu'un peu de souffle échauffera mon âme,
Dire ainsi que David en paroles de flamme :
« Seigneur, vous êtes grand ! Seigneur, vous êtes bon !
» Hosannah ! Béni soit à jamais votre nom ! »
J'irai dans les salons, j'irai dans les tavernes,
Sous le clair firmament, sous les sombres lanternes,
Dans le pauvre hameau, dans la riche cité,
Partout, crier ce mot terrible : « Eternité !! »
A la bourse, au théâtre, au bal et dans les bouges,
Comme un arrêt fatal, graver en lettres rouges,
Ce qu'une main traçait dans des lignes de feu :
« *Mane ! Thecel ! Phares !* » ou bien ce mot seul : « *Dieu !* »

Mais il faut être fort pour soutenir les autres ;
Et je n'ai ni la foi ni l'âme des apôtres.
Vous le savez, Seigneur, le doute m'envahit,
Et l'ombre autour de moi chaque jour s'épaissit.
A mon aide, Seigneur ! ma croyance affaiblie
Chancelle comme un jonc que le moindre vent plie.
Daignez, mon Dieu, jeter sur moi votre regard,
Il en est temps encor : demain serait trop tard.
J'ai laissé mon courage aux épines du doute,
Comme l'agneau sa laine aux buissons de la route.
Seigneur, je vais tomber ! Seigneur, je vais périr !
Si tu ne viens à moi, que vais-je devenir ?

V.

Que vous ai-je donc fait, ô mes jeunes années !
Pour m'avoir fui si vite et vous être éloignées ?
V. Hugo.

Il est bien vrai, j'avais dans mes songes d'enfance,
— Alors que me berçait la menteuse espérance,
Que la muse accueillait mes vers en souriant,
Et qu'un baiser payait mes hommages d'enfant, —
J'avais rêvé qu'un jour le laurier du poète
De son brillant éclat ceindrait ma jeune tête,
Et que le monde entier acclamerait mon nom.
Combien s'est assombri ce splendide horizon !...
Quand viennent les frimas, l'hirondelle s'envole ;
Ainsi se sont enfuis lauriers, gloire, auréole ;
Et cette illusion a tracé le chemin
Que bien d'autres ont pris en se donnant la main.

O mon Dieu ! voir ainsi tomber chaque chimère !
S'envoler chaque espoir !.. ô ma mère ! ô ma mère !
En embrassant ton fils, tu lui dis avant-hier :
« Demain te sonnera ton vingt-cinquième hiver. »
Ainsi le temps, vautour qui s'abat sur sa proie,
Emporte illusions, jeunesse, amour et joie !
Ma jeunesse s'envole ; et de mes fortes mains,
Comme un lierre un ormeau, je l'embrasse et l'étreins ;
A sa robe soyeuse en vain je me cramponne ;
Sans pitié pour mes pleurs l'ingrate m'abandonne.
Ma jeunesse est partie ! elle m'a délaissé !
Cette amante infidèle a fui son fiancé !
Elle était si joyeuse, et si douce, et si belle !
Reviens, reviens au moins me prendre sur ton aile ;
Je veux fuir avec toi bien loin, bien loin ! — Hélas !
Tel qu'un enfant qui pleure et qu'on n'écoute pas,

Elle me laisse là, riant de mes alarmes,
Sourde à mes cris d'angoisse, insensible à mes larmes.

Avant ce temps, pour moi, tout était joie et fleurs.
Que de rires hier! aujourd'hui que de pleurs!
La vie est un boulet : vil forçat, je le traîne.
Je veux et n'ose pas enfin briser ma chaîne.
Et si parfois je tente un courageux effort,
Voilà que mon bras tremble en face de la mort.
Misère et lâcheté! Je chéris ma souffrance,
Je caresse mes fers, je vis sans espérance,
Je pleure le passé, redoute l'avenir,
Et vivre me fait peur, tant je crains de mourir.

VI.

Je n'écris pas tous les vers que je pense,
Je pense au moins tous les vers que j'écris.
POURRAT, *Baliverneries.*

Eh bien! dans cet état de sombre inquiétude,
Quand ma pauvre âme, en proie à son incertitude,
Flotte ainsi qu'un vaisseau sans voiles et sans mâts
Qui cherche vers la rive un feu qui ne luit pas,
Puis-je chanter? Ma voix est-elle assez vibrante
Pour distraire un moment la foule indifférente?
Et pourquoi, sous les yeux de ce public moqueur;
Mettre à nu chaque fibre et disséquer mon cœur?
Heureux celui pour qui la sainte poésie
Est un fruit mûr qu'il cueille, un vase d'ambroisie
Qu'il soulève avec grâce et qu'il vide en riant!
Heureux qui peut rimer l'élégie en chantant!
Pour moi, son miel toujours est mélangé d'absinthe,
Chaque mot est un cri, chaque ligne une plainte;
Et si dans votre cœur chante un vers éploré,
Plaignez-moi, mon ami : c'est que j'ai bien pleuré.

VII.

..... Oh! laisse-moi l'effacer pour l'écrire,
Ce nom que mon regard n'est jamais las de lire,
Ce nom que j'écrirais du soir jusqu'au matin,
Si je laissais mon cœur s'écouler sous ma main.
LAMARTINE, *Jocelyn*.

Que chanter? Comme à vous, oui, la France m'est chère ;
Oui, j'aime ma patrie à l'égal d'une mère,
Et j'ai battu des mains quand le soldat de Dieu,
A travers les canons, sous le fer et le feu,
Franchissant d'un seul bond un mur infranchissable,
A, comme en se jouant, pris la ville imprenable.
Oui, pour elle, au besoin ; je donnerais mon sang,
A son appel j'irais mourir sous sa bannière ;
Mais je ne saurais point lui dire un noble chant :
Pour célébrer Achille il faudrait être Homère.

— Mais l'Amour, dites-vous? offrez-lui vos accents ;
Quelque brune aux yeux bleus recevrait votre encens ! —
Ah ! poète, l'Amour ! il n'est pas de ce monde ;
Lorsqu'un bien doux regard de ses feux vous inonde,
Et que parfois quelqu'un de ces êtres charmants
S'en vient sur votre cœur, poser sa tête blonde,
Que sa voix vous dit : « Frère ! » et que vous dites : « Sœur ! »
Vous croyez, n'est-il pas, vous croyez au bonheur?
Fuyez-donc! par pitié, fuyez l'enchanteresse.
Gardez son souvenir comme un sacré trésor :
Ce sera quelque jour un parfum de jeunesse
Que, vieux, vous aimerez à respirer encor ;
Mais fuyez : car bientôt vous verriez que cet ange,
Hélas ! n'est qu'une femme, et l'idole que fange.

De tous les sentiments qu'on éprouve ici-bas
Il en est un, un seul, qui ne vous trompe pas.

On peut traiter souvent l'amitié de chimère,
Renier sa croyance et blasphémer l'amour;
On a tout nié, Dieu, l'âme et l'éclat du jour;
Ce qu'on ne peut nier, c'est l'amour de sa mère.

Sur ma tête ont passé déjà bien des douleurs,
Et, jeune encor, je sais l'amertume des pleurs.
Eh bien! soyez béni, Seigneur, qui, sur la terre,
M'enlevant tout, m'avez pourtant laissé ma mère;
Vous qui me conservez, parmi tous mes ennuis,
Ce soleil de mes jours, ce rayon de mes nuits!
C'est le seul cœur peut-être où mon nom vive encore;
Et si... Dieu, prends mes jours, c'est un fils qui t'implore,
Elle cessait demain de vivre et de souffrir,
Oh! je sens bien qu'alors je n'aurais qu'à mourir.
— Jadis j'aimais d'amour un ange de la terre.
Jamais, jamais son nom n'est sorti de mon cœur;
Le répéter à Dieu, c'était là ma prière;
Le murmurer bien bas, c'était là mon bonheur.
Maintenant... oh! cherchez dans le vieux cimetière...
Dix mois déjà passés, j'y conduisis son deuil;
A l'ombre d'une croix, sous une étroite pierre,
On plaça mon amour avec son froid cercueil.

VIII.

Vivez, amis, vivez contents.
A. CHÉNIER.

Pour vous, soyez heureux! chantez, chantez encore!
Adorez qui vous aime, aimez qui vous adore!
J'aime beaucoup les vers, et mieux ceux qui les font;
Et les vôtres, Ami, toujours me charmeront.
Votre muse n'est pas de ces muses guindées
Que sans cesse l'on voit, de larmes inondées,

Pousser à tous propos de langoureux hélas,
Et se hisser toujours sur de grands échalas.
La vôtre a l'œil mutin; elle est folle et rieuse;
Elle hait les pédants; et sa verve railleuse
Sans détour et sans fiel dit son fait au passant.
Oui, j'aime votre vers toujours indépendant;
Il est tendre parfois, léger, vif et folâtre,
Poli mais sans façon, malin mais non méchant;
Sous sa simplesse il a de l'esprit comme quatre,
Et je désire peu qu'il me garde une dent.

Ne demandez-donc pas qu'armé de la satire,
— Moi qui jusqu'à présent n'ai jamais su médire, —
Je frappe à tour de bras sur les écrivassiers,
Les poètes en prose et les plats romanciers;
Que mon fouet marque au front ces rimeurs pulmoniques
Qui, joyeux et gaillards, toussent des vers phthisiques:
Car ils sont si nombreux, si nombreux que mon bras
Pour un coup à chacun serait bien vite las.
J'aimerais mieux dauber sur ces pièces compactes
D'où l'on se sauve à peine après dix ou douze actes...
Mais vous vous acquittez trop bien de ce devoir!
J'y renonce: et pourtant je voudrais bien savoir
Lancer, ainsi que vous, la maligne épigramme.
Comme je larderais ce fat qui, l'autre soir,
Est venu m'assommer de son gros mélodrame!
Lâche! abuser ainsi de ma franche amitié!
Ah! si je le pouvais, il serait châtié!
Mais il n'y perdra rien, car je vous l'abandonne;
Frappez dur et longtemps, et que Dieu vous pardonne!

Peut-être faudrait-il flétrir ce trafiquant
Dont l'opulence traîne une trace de sang;
L'agioteur qui sur tout sans nul remords spécule,
Ce riche dont le cœur n'est plus qu'un dur caillou,
L'industriel qui n'a qu'un culte: le gros sou;

Cette impure Phryné qu'on encense et qu'on loue,
Et qui pense cacher sous le fard de sa joue
Sa honte ineffaçable et son âme de boue !

Mais s'il voulait entendre un tiers des beaux discours
Que depuis six mille ans on lui tient tous les jours,
Le genre humain serait une bête accomplie ;
Et ce serait fâcheux pour moi, pour vous aussi.
La tâche que tous deux nous nous donnons ici,
Bien longtemps avant nous aurait été remplie ;
Je ne vous aurais point ennuyé d'un sermon,
Et notre typographe eût changé de patron.

Mon Dieu, que le silence est une douce chose !
Aussi bien je me tais, et daignez m'excuser
Si je finis par où j'aurais dû commencer.
Voit-on qu'un avocat plaide à moitié sa cause?
Mais si trop brusquement je mets ici des points,
Si, sans vous dire adieu, je reste bouche close,
N'en dites rien : au lieu de poursuivre ma glose,
Et d'empiler des mots au hasard et sans soins,
J'aime mieux, terminant mes trois cents vers en prose,
Vous aimer un peu plus et vous ennuyer moins.

L. AUDIAT.

Moulins, juin 1856.

FLEURETTE.

Plus je vous vois, plus je vous aime !

LACHAMBAUDIE.

I.

Sous la haie odorante
Qu'embellit le jasmin,
Croît une fleur charmante
Dont la grâce touchante
Fait l'orgueil du jardin.

Un ciel toujours propice
Lui prodigue ses dons;
Et dans son frais calice,
L'astre, roi du jour, glisse
Et parfums et rayons.

Loin des regards de l'homme
Elle s'épanouit;
Mais un suave arome,
Dont l'air au loin s'embaume,
S'échappe et la trahit.

Le papillon s'arrête
Un instant pour la voir;

Du nid de la fauvette,
Sort une jeune tête
Pour lui dire : « Bonsoir ! »

Douce fleur, rien n'égale
Tes timides attraits ;
Le lys au teint d'épale
Lui même devient pâle,
O fleur ! quand tu parais.

La jonquille amoureuse
Va s'en plaindre au lilas ;
La jacinthe envieuse,
La tulipe orgueilleuse
Te jalousent tout bas.

Sous la haie odorante
Qu'embellit le jasmin,
Croît une jeune plante
Dont la présençe enchante
Et charme le jardin.

II.

Oui, sa beauté céleste
Pourrait briller ailleurs ;
Et pourtant elle reste
Toujours belle et modeste
Parmi ses humbles sœurs.

Les galants du bocage
En vain lui font la cour,
Et, dans un doux langage,
A la fleur belle et sage
Disent des mots d'amour.

Chacun, à sa méthode,
Lui tourne un compliment:
L'œillet lui chante une ode,
Et le pavot lui brode
Un poème assommant.

Pour sa tant douce amie,
Bluet fait des rondeaux;
Jasmin, une élégie;
Bouton-d'or lui dédie
Sonnets et madrigaux;

Et tandis qu'au bocage,
Chacun lui fait la cour,
Et dans un doux langage,
A la fleur belle et sage
Murmure un mot d'amour.

Myosotis soupire,
Soupire et ne dit rien;
Il regarde, il admire,
Hélas! et n'ose dire
Ce qu'il ressent si bien.

Timide et sans emphase,
Fleur d'azur se tient coi;
Mais, comme l'eau d'un vase,
Quand déborde l'extase,
Elle chante : « Aimez-moi! »

DISTRACTION.

A Mlle C**.

Trahit sua quemque voluptas,
VIRGILE.

On m'écrivait hier : « Loin de ce monde
Qui vous aimait et que vous avez fui,
Répondez-nous, sans crainte qu'on vous gronde.
Dans votre exil un doux astre a-t-il lui ?
Quelle est là-bas l'enfant ou brune ou blonde
Que vous aimez, qui dit de vous : « C'est lui ! »

Certe, elle est belle, oh ! bien belle, la femme
Qui par ces mots sondait ainsi mon âme ;
Et bien souvent son souris gracieux
D'un cœur bien triste a fait un cœur joyeux.
Mais ce jour-là — sainte et brillante flamme —
Avaient sur moi rayonné vos beaux yeux.

Or, admirez comme l'esprit est bête :
Elle faisait sa demande indiscrète
Avec l'espoir que je dirais : « *C'est vous.* »
Je n'ai pas su répondre un mot si doux ;
Et je remplis une lettre complète,
Ma chère enfant, à lui parler de vous.

L. AUDIAT.

Clermont, typ. Paul Hübler.